| 2024년 3월 ~~17~~ 8일 | 음력 2월8일 무방수의날 하루전 |

인간 세계에 오고 자꾸 악몽을 꾼다.
야름이는 잘 있는 걸까?
내일 볼 귀물이 야름이라면 좋겠다.

오늘의 장난 쓰레기통 뒤집기	내일 칠 장난 아파트 몰래 들어가기

글 김영주

생물학을 공부하고 박사 학위를 받았다. 대학에서 학생들을 가르쳤으며 지금은 어린이, 청소년 책 집필에 매진하고 있다. MBC 창작동화대상과 위즈덤하우스 어린이청소년 판타지문학상을 받았다. 지은 책으로 『루미너스 오늘부터 데뷔합니다 1, 2』『반려 요괴 1』『하얀빛의 수수께끼』『마고의 날개 1, 2』『30킬로미터』『거울 소녀』『Z 캠프』등이 있다.

그림 할미잼

'늙는다는 것'을 항상 생각하며, 현재를 즐겁게 살기 위해 쭈글쭈글한 캐릭터를 그립니다. 쓰고 그린 책으로는 『거절은 너무 어려워!』『할미 분식』『쭈글쭈글 할미마을 할미잼 컬러링북』『난다할머니의 고민 상담소』등이 있습니다.

이불귀신 똥똥이

2. 만불산의 비밀

김영주 글 ✿ 할미잼 그림

다산
어린이

차례

1. 누런 운동화가 된 야름이   6

2. 신비한 만불산   13

3. 사라진 하루   20

4. 범인은 누구?   29

5. 선유와 홍제   38

6. 동동이의 번뜩이는 계획   46

7. 소중한 것을 내놔!   55

8. 꿈같은 하루   62

9. 소중한 친구   72

☆ 붉은 까마귀의 관용구 수업 82
☆ 다음 귀물은 누구일까? 86

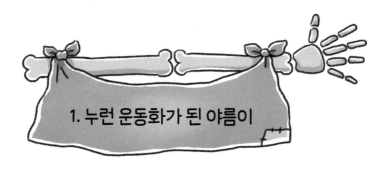

1. 누런 운동화가 된 야름이

툭, 투툭, 툭.

누군가 동동이의 등을 자꾸 쳐요. 기분 좋게 잠을 자고 있는데 말이에요.

"그만해애. 나 잘 거야."

동동이가 잠결에 웅얼거렸어요. 어라, 그래도 또 쳐요. 귀신이 한 번 말했으면 들어야죠.

"그만하랬지!"

발딱 일어난 동동이의 눈이 동그래졌어요. 눈앞에서 낡은 운동화 한 짝이 폴짝폴짝 뛰고 있어요. 낡기만

했게요? 저기 누런 것 좀 봐요. 아무래도 똥 같아요.

"에비, 저리 가. 에비."

행여 이불에 묻을까 소스라치는 동동이에게 운동화가 빼액 소리쳤어요.

"내가 이렇게 된 건 다 동동이 네 탓이야!"

동동이는 깜짝 놀라 운동화를 살폈어요.

"설마, 너 야름이니?"

그리고 보니 둥글넓적한 운동화 앞코가 야름이를 닮은 것 같아요.

"야름아! 만나서 다행이야!"

동동이는 더러운 것도 잊고 운동화를 덥석 안았어요. 야름이가 누런 똥물을 뚝뚝 흘리며 몸을 비틀어요.

"동동이 너 싫어. 밉다고!"

"에엥, 에에엥."

야름이의 말에 동동이는 그만 울어 버렸어요. 둘도 없는 친구가 자기를 미워하다니 너무 슬퍼요. 울고 있는 동동이의 귀에 익숙한 목소리가 들려왔어요.

"동동아, 동동아. 그만 일어나."

봄날의 햇살처럼 따스한 목소리에 이끌려 동동이는 꿈에서 깨어났어요.

"나쁜 꿈 꿨어?"

머리맡에서 버들이가 걱정스레 물었어요.

"응, 응응."

그렁그렁 눈물을 매단 채 동동이가 고개를 끄덕였어요. 그 바람에 눈물이 또르르 이불로 굴러떨어졌어요.

"무슨 꿈인지 말해 봐. 그럼 기분이 나아질 거야."

버들이가 기운을 내라며 동동이를 꼭 안아 주었어요. 버들이에게 안겨 있으니 가슴이 간질간질해요. 아직 한 마디도 안 했는데도 기분이 한결 나아졌어요.

동동이는 버들이에게 포옥 안겨 꿈속의 야름이 이야기를 털어놓았어요. 버들이는 눈물로 홀딱 젖은 동동이의 이불을 쥐어짜며 귀를 기울였어요. 악몽은 처음 인간 세상에 온 귀신에게 흔한 일이거든요.

인간들의 기운은 엄청 강해요. 귀신들은 귀물이 되

거나 어딘가에 붙은 지박령이 되지 않으면 조금씩 약해지다가 사라지고 말아요. 동동이는 귀물 불만 해결소에서 일을 하니 사라지지는 않겠지요. 하지만 말짱할 수는 없어요. 그래서 자꾸 악몽을 꾸는 거죠.

"어머나, 낡고 똥 묻은 운동화라니. 야름이가 그렇게 되진 않았을 거야. 되어도 아주 예쁘고 귀여운 신발이 되었을 거야."

"정말이지? 정말 그렇지?"

울먹울먹, 묻고 또 묻는 동동이 곁으로 붉은 까마귀가 날아왔어요.

"버들이 말이 맞다. 귀물은 인간의 마음을 잡아 끌어야 해. 더럽고 헐어 빠진 신발이라니! 가당치도 않구나."

동동이는 가당치도 않다라는 말이 무슨 뜻인지 잘

몰랐어요. 하지만 물을 수가 없었어요. 붉은 까마귀가 와락 얼굴을 찡그렸거든요.

"동동아. 너 길고양이 좀 그만 놀라게 해. 동네 사람들이 시끄럽다고 화를 많이 내더라."

"괴롭힌 거 아니에요."

길고양이랑 밤새 장난친 거예요. 겨우 쓰레기통 몇 개 뒤집은 거 가지고 뭐라 그러다니요. 귀신 세계에서는 야름이랑 하루 종일 장난을 쳐도 아무도 뭐라 안 했는데. 역시 귀신 세계가 좋아요.

뾰로통한 동동이에게 붉은 까마귀가 쯧, 혀를 찼어요.

"그만 놀고 일해, 일. 출동이다!"

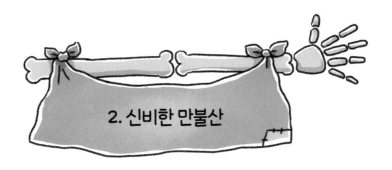

2. 신비한 만불산

셋은 한참을 날아갔어요. 어스름이 깔린 강을 따라 날다 보니 어느새 달이 떴어요. 서리가 내린 강가에는 철새들이 곤히 잠들어 있어요. 새까만 구름 사이로 둥그런 달이 숨어들 즈음, 길쭉길쭉한 아파트들이 한데 모인 마을이 나타났어요. 알록달록 빛나는 불빛이 어찌나 환한지 꼭 대낮 같아요.

붉은 까마귀는 똑같이 생긴 아파트를 요리조리 살피다가 커다란 분수 옆 아파트를 가리켰어요.

"저기다."

"우리 엘리베이터 타요?"

동동이의 눈이 반짝 빛났어요. 이번에는 버튼이란 버튼은 다 누를 거예요. 그러면 층마다 띵동띵동 소리를 내며 멈추겠죠. 들뜬 동동이가 팔랑팔랑 춤을 추었어요.

"어허, 장난칠 생각도 말아. 아파트에는 밤낮으로 사람들이 드나들어."

뿌우! 김이 빠진 동동이가 불룩 이불을 부풀렸어요. 하지만 얌전히 붉은 까마귀를 따라 엘리베이터에 탔어요. 붉은 까마귀가 부리로 10층을 콕 눌렀어요. 눈 깜짝할 사이에 10층에 도착한 셋은 스르르 문을 지나 집으로 들어갔어요. 새벽이라 그런지 사람들은 모두 잠이 들었어요.

"여기야."

붉은 까마귀가 포로로, 작은 방으로 날아갔어요. 동동이는 동동동, 방 안을 살폈어요. 그런데 너무 조용해요. 잠이 든 아이의 숨소리만 새액색 들릴 뿐이에요. 동동이는 책상에 조심스레 내려앉았어요. 동동이의 등에서 기어 내려온 버들이가 붉은 까마귀에게 물었어요.

"잘못 왔나 봐요. 귀물이 안 보여요."

"쉬잇! 귀물이 기분 나빠할라. 저기 있잖니, 만불산."

붉은 까마귀가 소곤소곤, 책상 구석을 가리켰어요. 동동이와 버들이는 까마귀가 가리킨 곳을 뚫어져라 보았어요. 책상 위에 어른 머리통만 한 산이 놓여 있었어요. 누군가 정성 들여 만든 것이 분명해요.

산에 빼곡히 들어선 나무며, 계곡에서 마을까지 이어지는 시냇물, 옹기종기 모인 초가집들, 울타리 안에

17

삼삼오오 풀을 뜯는 양들과 모닥불을 쬐는 사람들까지 없는 게 없어요.

"버들아, 사람들이 움직여!"

동동이가 꺄아악, 호들갑을 떨었어요.

"당연하지. 귀물이잖니."

붉은 까마귀가 시큰둥하게 대꾸하고는 부리를 두 번 튕겼어요. 눈 깜짝할 새에 셋은 만불산 안으로 빨려 들어갔어요. 우당탕, 엉킨 채 눈을 뜨니 수많은 사람들에게 둘러싸여 있어요. 오동통한 아줌마가 허둥지둥 뛰어나오더니 동동이의 이불을 덥석 잡았어요.

"큰일이야! 우리 하루가 없어졌어!"

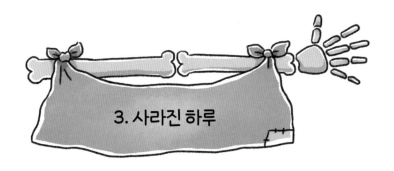

3. 사라진 하루

"훠이, 저리 가요! 이불 뒤집어져요."

이불 귀신에게 이불은 정말 중요해요. 행여 뒤집어
지기라도 하면 큰일이지요. 기겁을 하는 동동이 앞으
로 얼른 붉은 까마귀가 나섰어요.

"불만이 있으면 해결하면 되지. 자세히 말해 봐."

그제야 아줌마가 꼭 쥐었던 동동이의 이불을 놓았
어요. 동동이와 버들이는 아줌마 앞에 얌전히 앉았어
요.

"우리 하루가, 눈에 넣어도 안 아픈 내 딸이 갑자기

사라졌어요."

아이를 어떻게 눈에 넣느냐고 물으려던 동동이는 입을 꼬옥 다물었어요. 눈치 빠른 버들이가 기다란 손가락으로 배를 꾸욱 찔렀거든요. 하루 엄마는 그동안 있었던 일을 빠짐없이 이야기했어요.

양에게 풀을 먹인다던 하루가 사라진 지 벌써 이틀이나 되었대요. 그사이 마을 사람들이 만불산을 이 잡듯이 뒤졌다고 했어요. 두 개의 산에 숨겨진 여덟 개의 동굴에도 가 보았고요. 양들이 풀을 뜯으러 가는 초원에도 가 보았대요. 폭포 아래 곰이 사는 보금자리도 살펴보았대요.

"처음에는 또 장난치나 보다 했지. 하루가 소문난 장난꾸러기거든."

마을 이장님이 슬금슬금 하루 엄마 눈치를 보며 말을 보탰어요.

"맞아. 작년 가을 생각나? 불꽃놀이한다고 보리밭을 홀랑 태워 먹을 뻔했잖아."

"아휴, 양들을 꾸민다고 줄무늬로 만든 건 어떻고."

"하얀 장미를 전부 빨갛게 칠한 걸 빼먹음 안 되지."

하루는 장난칠 기회를 놓치지 않는 멋진 아이인가
봐요. 동동이가 눈을 반짝이며 물었어요.

"만불산 밖으로 나간 건 아닐까요?"

"확실히 하루라면 그러고도 남지."

이장님이 냉큼 맞장구를 쳤어요. 하루 엄마가 퉁퉁
부은 눈을 흘겼어요.

"말이 돼요? 우리는 만불산 밖에서는 움직이지도 못
하잖아요."

설움이 북받친 하루 엄마가 두 손에 얼굴을 묻고 엉
엉 울었어요. 붉은 까마귀가 동동이를 째려보며 서둘
러 하루 엄마를 달랬어요.

"무슨 말인지 알겠어. 무슨 수를 써서라도 아이를
찾아올 테니 걱정 말아."

그러고는 하루에 대해 이것저것 묻기 시작했어요.

얼굴은 어떻게 생겼는지, 키는 작은지 큰지, 무슨 옷을 입었는지, 특별한 건 없는지요. 하루 엄마는 크흥, 앞섶에 코를 풀고 하나하나 대답했어요.

하루는 얼굴이 동그랗고 가무잡잡하대요. 잔머리가 나오지 않게 꽁꽁 묶어 줘도 금세 삐죽삐죽 엉망이 된대요. 노란 삼베 윗도리에 하얀 반바지를 입었지만 아직까지 그럴 거라고 장담할 수는 없다고 했어요. 늘 옷에 무언가를 새까맣게 묻히니까요.

하루 엄마의 이야기에 붉은 까마귀가 푹 한숨을 내쉬었어요.

"그러니까. 결국은 머리 모양도 옷 색깔도 확실치 않다는 거잖냐. 하루를 알아볼 수 있는 게 하나도 없을까?"

우물쭈물하던 하루 엄마가 갑자기 고개를 번쩍 들

었어요.

"아! 있어요. 하루는 방울을 허리에 매고 있어요. 웃는 방울 하나, 우는 방울 하나요. 무척 아껴서 방울은 절대 빼지 않아요."

그제야 붉은 까마귀가 고개를 끄덕였어요.

"방울이라. 알겠다. 불만을 해결해 주면 가장 소중한 걸 내놔야 하는 거 알지? 그게 싫으면 귀신 세계로 나랑 같이 가는 거다."

"알다마다요."

하루 엄마가 붉은 까마귀의 두 날개를 꼭 쥐었어요.

"찾아만 주세요. 꼭이요!"

대답을 들은 붉은 까마귀가 동동이를 툭 쳤어요. 하루를 만날 생각에 들뜬 동동이가 재빨리 버들이에게 등을 내밀었어요. 버들이가 동동이 등에 기어올라 가

자마자 붉은 까마귀가 부리를 두 번 튕겼어요. 또다시 눈 깜박할 새에 셋은 만불산 밖으로 빨려 나갔어요.

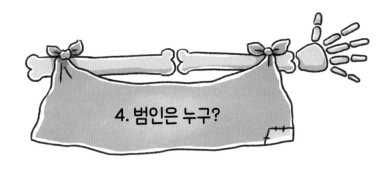

4. 범인은 누구?

"빨리 가요. 빨리 하루 찾으러 가요!"

동동이가 팔랑거리며 방 안을 빙그르르 돌았어요.
그 바람에 어지러워진 버들이가 동동이의 이불을 꼬
옥 쥐었어요. 눈치 빠른 붉은 까마귀가 동동이의 머리
를 콕 쪼았어요.

"정신 사납게 팔랑대지 좀 마라. 그러다 버들이 떨
어질라."

앗, 그럼 안 되어요. 안 되고말고요. 새로운 친구랑
장난칠 생각에 소중한 버들이를 잠시 깜박했어요.

"미안해, 버들아."

시무룩, 사과하는 동동이의 머리를 살포시 쓰다듬
으며 버들이가 물었어요.

"아저씨, 이제 어떻게 하면 될까요?"

붉은 까마귀가 부리로 새액색 잠든 아이를 가리켰
어요.

"자고로 범인은 가까이 있는 법!"

셋은 책상 의자에 걸터앉아 아이를 내려다보았어
요.

1학년 3반 남선유

책가방에 달린 이름표가 달빛을 받아 스산하게 번
뜩였어요. 선유가 하루를 데려간 걸까요?

밤이 지나고 아침이 밝았어요. 동동이와 버들이는
아침 일찍부터 정신없이 바빠요. 붉은 까마귀가 이렇

게 말했거든요.

"저 집 식구는 아빠, 엄마, 선유. 그렇게 세 명이야. 잘 따라다니면 분명 하루를 찾을 수 있을 거야."

붉은 까마귀는 뭐 하고 둘만 가라는 걸까, 억울했지만 동동이와 버들이는 잠자코 선유의 집으로 날아갔어요.

정신이 없기는 여기도 마찬가지예요. 화장실은 하나인데 쓰는 사람이 둘이니 어쩔 수 없어요. 아침 똥을 누는 선유 옆에서 양치질을 하던 아빠가 우는소리를 했어요.

"선유야, 오늘따라 냄새가 지독하다."

선유가 미처 대답을 하기 전에 엄마가 재촉했어요.

"이러다 늦겠어. 둘다 빨리 나와!"

아빠와 선유는 후다닥 부엌으로 뛰어나갔어요. 오

늘 아침은 노릇노릇한 식빵이랑 계란이네요. 노랑, 빨강 과일도 있어요. 하지만 선유는 별로 먹고 싶지 않은 모양이에요. 깨작거리는 선유를 보며 버들이가 고개를 갸우뚱했어요.

"쟤 아픈가 봐. 아까부터 자꾸 배를 만져."

동동이와 버들이는 선유를 좀 더 지켜보기로 했어요.

"선유야, 왜 그래. 뭐 신경 쓰이는 거 있어?"

엄마가 다정하게 선유의 이마를 쓸며 물었지만 선유는 시무룩하게 고개만 저어요.

"인형 없어져서 그래? 그거 오래돼서 지저분하잖아. 진즉 내다 버리라니까. 이 김에 새로 하나 사 줄게."

아빠가 계란을 우물거리며 알은체를 했어요. 아빠의 말이 끝나자마자 선유가 울먹이기 시작했어요.

"안 돼. 히이잉. 할아버지가 주신 거란 말이야."

앗! 깜빡했어요. 돌아가신 할아버지와 선유는 무척이나 가까웠어요. 그래서인지 선유는 할아버지가 주신 만불산도 인형도 무척 아꼈어요.

찔끔 놀란 아빠가 늦었다며 허둥지둥 집을 나섰어요. 냉장고에 걸터앉아 있던 동동이와 버들이는 슬그머니 아빠 뒤를 따라갔어요. 만불산을 못마땅하게 여기는 걸 보니 아빠가 수상해요.

그런데 이상도 하지요. 늦었다던 아빠가 차 뒷자리로 들어가지 뭐예요.

"뒷자리에 하루를 숨겼나 봐."

버들이가 눈을 부릅떴어요. 의자 아래랑 주머니를 뒤지던 아빠가 끙 소리를 냈어요.

"없네. 선유가 인형을 가끔 가지고 타서 혹시 여기

흘렸나 했는데, 없어. 우리 선유 속상해서 어쩌지."

좁은 데 몸을 구겨 넣은 탓에 얼굴이 빨개졌지만 아빠는 포기하지 않았어요. 뒷자리를 샅샅이 보고 또 봤어요.

"아빠는 아닌가 봐."

동동이는 실망스러운 목소리로 속삭였어요.

"그러네, 아닌가 봐."

의심한 게 미안해 버들이는 긴 손가락을 쪼물거렸어요. 다음은 누구를 살펴야 할까요?

둘이 막 집으로 돌아가려던 참이에요. 어, 선유네요. 선유가 책가방을 메고 터덜터덜 걸어가요.

"선유를 따라가 볼까?"

선유가 범인 같지는 않지만 붉은 까마귀가 꼼꼼하게 지켜보라고 했으니까요. 동동이와 버들이는 선유

뒤를 팔랑팔랑 따라갔어요.

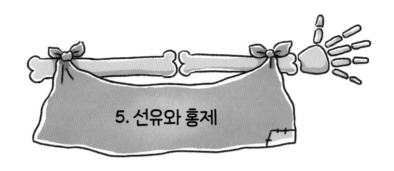

5. 선유와 홍제

"야! 남선유. 땅에 먹을 거 떨어뜨렸냐?"

별안간 튀어나온 남자아이가 선유를 힘껏 밀쳤어요. 겨우 중심을 잡은 선유가 눈을 흘겼어요. 홍제가 혀를 낼름 내밀고 우다다다, 뛰어가 버렸어요.

"와, 쟤 뭐냐?"

동동이와 버들이는 마주 보며 고개를 짤짤 흔들었어요. 새빨개진 얼굴로 홍제를 노려보던 선유가 배를 쥔 채 주저앉았어요.

"선유야, 배 아파?"

뒤따라오던 형구가 선유 앞에 쭈그리고 앉았어요.

"조금."

"홍제 때문에 놀랐지?"

"많이는 안 놀랐어."

"다행이다."

형구가 씨익 웃으며 선유의 손을 잡아 일으켰어요.

"어제 우리 햄순이, 새끼 낳았다!"

잔뜩 찌푸렸던 선유의 얼굴이 환해졌어요.

"정말? 사진 있어?"

형구가 내민 사진을 보는 선유의 입이 헤, 벌어졌어요. 언제 배가 아팠냐는 듯 방실방실 웃는 선유를 보며 동동이가 고개를 갸우뚱했어요. 왜 자꾸 배가 아팠다 말다 하는 걸까요? 고민하는 동동이 옆으로 붉은 까마귀가 포로로 날아왔어요.

"친구라, 참 어려운 거지."

"친구요?"

"딱 보면 모르겠냐? 선유는 친구를 사귀는 게 힘든 거잖니."

"아닌 거 같은데요. 똥을 제대로 못 눠서 배가 아픈 거 같은데요."

동동이가 볼록 엉덩이를 내밀며 똥 누는 시늉을 했어요.

"말도 안 되는 소리!"

붉은 까마귀도 물러서지 않았어요. 형구와 조곤조곤 이야기를 나누는 선유를 따라가며 버들이가 고개를 갸우뚱했어요. 친구를 못 사귄다고요? 똥을 못 눈다고요? 둘 다 아닌 거 같은데.

"으악!"

교실로 들어서던 선유가 비명을 질렀어요. 또 홍제예요. 홍제가 날린 종이비행기가 하필 선유의 얼굴에 맞았어요. 이번에는 선유도 참지 않았어요. 선유가 바락 소리쳤어요.

"너 자꾸 왜 그래?"

홍제도 지지 않아요.

"그냥 노는 거잖아."

말다툼을 하는 선유와 홍제를 보며 붉은 까마귀가

눈을 뒤룩뒤룩 굴렸어요.

"아이고, 정신이 하나도 없네. 여긴 그만 보고 선유네 집에 다시 가 보자. 자고로 범인은 범행 장소로 돌아오는 법!"

동동이도 버들이도 고개를 끄덕였어요. 하루를 아끼는 선유가 범인일 리 없잖아요. 붉은 까마귀는 볼 것도 없이 선유 엄마가 범인일 거라고 큰소리를 쳤어요. 친구랑 안 놀고 하루만 끼고 있어서 몰래 숨겼을 거라고요.

"아저씨, 꼭 탐정 같아요!"

버들이의 칭찬에 붉은 까마귀는 뺨이 발개진 채 신이 나서 날아갔어요. 동동이와 버들이도 붉은 까마귀를 따라 선유의 집으로 팔랑팔랑 날아갔어요. 선유 엄마가 진짜 범인일까요?

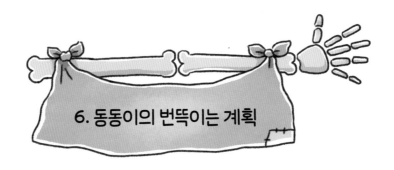

6. 동동이의 번뜩이는 계획

선유 엄마는 걱정이 많아요. 갓 일 학년이 된 선유
가 학교에서 잘 지내는 걸까요. 친구를 잘 사귀는지,
속상한 일은 없는지, 기분 좋은 일도 있는지 너무너무
궁금해요. 하지만 선유는 도통 말이 없어서 속내를 모
르겠어요. 같은 아파트에 홍제네가 살아서 얼마나 다
행인지 몰라요.

"오늘 선유가 또 배가 아프다잖아."

걱정하는 선유 엄마를 홍제 엄마가 다독였어요.

"처음이라 그럴 거야. 오늘 홍제랑 같이 놀게 할까?

친구가 생기면 좀 나아질 거야."

두 엄마는 이리저리 쑥덕쑥덕 계획을 세우느라 바빠요. 선유 엄마를 살피던 붉은 까마귀의 안색이 어두워졌어요. 저렇게 선유를 걱정하는 사람이 선유가 좋아하는 하루를 감췄을 것 같지 않아요.

"이거 이거 진짜 큰일이구나. 아빠도 엄마도 범인이 아니면 도대체 누가 하루를 데려간 거지?"

푸욱, 한숨을 쉬는 까마귀에게 버들이가 조심스레 물었어요.

"아저씨, 혹시 하루가 없어진 날에도 홍제가 놀러 왔대요?"

"그러잖아도 오늘 만불산에 다시 다녀왔지. 그날 홍제가 만불산을 만지작거렸다더라."

대답을 하다 말고 붉은 까마귀가 날개를 마구 퍼덕

였어요.

"홍제구나! 홍제가 범인이야!"

"저럴 거 같더라."

동동이가 홍제와 선유를 보며 끌끌 혀를 찼어요. 둘이 붙여 놓으면 뭐 하나요. 같이 하고 싶은 것이 하나도 없는데요. 선유와 홍제는 달라도 너무 달라요.

"그럼 그리고 놀까?"

선유가 물었어요.

"시시해. 게임하자."

홍제가 대답했어요.

"나 게임 싫어."

선유가 시큰둥하게 돌아앉았어요. 흥! 홍제도 선유들으란 듯이 콧방귀를 뀌었어요. 서로 등을 돌린 채 홍제와 선유는 방바닥이 꺼져라 한숨을 내쉬었어요. 오자마자 간다고 하면 엄마들이 싸웠냐고 캐물을 게 뻔해요. 심심한 거지 싸운 건 아니잖아요. 짜증이 난 홍제가 겉옷을 벗어 방구석에 아무렇게나 휙 던졌어요.

짤랑. 분명 방울 소리예요. 버들이의 눈이 날카롭게 빛났어요. 범인은 증거를 남기는 법! 동동이와 버들이는 스르르 홍제의 옷으로 날아갔어요.

버들이가 기다란 손가락을 호주머니에 넣었어요. 무언가 손가락 끝에 걸려요. 버들이는 손가락에 걸린 것을 조심조심 끄집어냈어요. 빼꼼, 조그만 여자애예요. 산발 머리, 얼룩이 잔뜩 묻은 노란 윗도리와 하얀 반바지, 허리에서 달랑거리는 방울 두 개.

"하루다! 하루야!"

버들이가 활짝 웃었어요.

그런데 고민이 생겼어요. 하루를 그냥 만불산에 데려다주면 되는 걸까요? 애써 범인을 잡았는데 말이에요.

"하루를 찾았으면 됐지. 우리는 귀물 불만 해결소잖아. 인간 불만 해결소가 아니라고!"

붉은 까마귀가 툴툴댔어요.

"홍제는 혼내 줘야죠! 선유를 골탕 먹이려고 하루를 감춘 거잖아요."

동동이가 동동 발을 굴렀어요.

"인간은 생각보다 복잡해. 괜히 끼어들어 봐야 좋은 꼴을 못 본다!"

붉은 까마귀가 바락바락 성을 냈어요. 잠자코 있던 버들이가 무언가 결심한 듯 하루를 다시 주머니에 살그머니 밀어 넣었어요. 그러고는 붉은 까마귀에게 말했어요.

"아저씨. 이대로 하루를 돌려보내면 홍제가 또 가져 갈지 몰라요. 이번에는 그냥 버릴 수도 있다고요."

그 생각은 못 했군요. 붉은 까마귀가 날개로 머리를 감쌌어요.

"히익, 그럼 어쩌면 좋겠냐?"

끙끙대는 붉은 까마귀를 보고 동동이가 의기양양 웃었어요. 동동이에게는 언제나 계획이 있으니까요. 동동이는 홍제의 겉옷 속으로 구물구물 기어들어 갔어요. 그리고 옷을 걸친 채 높이 높이 날아올랐어요. 홍제의 빨간 겉옷이 마치 귀신처럼 펄럭였어요.

"엄마! 엄마아!"

"엄마! 귀신이야!"

홍제와 선유의 비명에 두 엄마가 방으로 뛰어 들어

왔어요. 때맞춰 동동이의 등에 업혀 있던 버들이가 까라락 긴 손가락으로 하루를 끄집어냈어요.

툭! 홍제의 주머니에 있던 하루가 방바닥에 떨어졌어요. 네 사람의 눈이 딱 마주쳤어요.

"어머나! 홍제야, 이게 어떻게 된 거니?"

하얗게 질린 홍제 엄마가 홍제에게 물었어요.

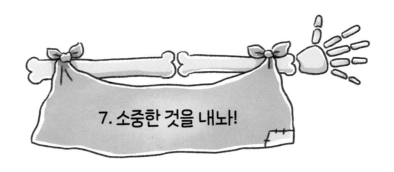

7. 소중한 것을 내놔!

쿵짝, 쿵짝, 쿵짜작, 쿵짝.

선유네 식구들이 모두 잠든 새벽에 만불산에서는 잔치가 벌어졌어요. 하루가 돌아왔거든요.

"우리 아가, 하루야!"

돌아온 하루를 안고 하루 엄마는 엉엉 울었어요. 하루도 힘들었다며 울먹였어요. 몸은 굳어서 움직일 수 없었지만 정신은 말짱했다고요. 그래서 더 괴로웠다고 엄마를 꼬옥 껴안았어요.

"어휴, 홍제 때문에 엄청 고생했네."

동동이가 분해하며 이불을 마구 펄럭였어요.

"으응… 그, 그런가."

어쩐지 미지근한 하루의 대답에 버들이가 고개를
갸우뚱했어요. 자기 같으면 밤새 홍제 욕을 할 텐데요.
너무 힘든 기억이라 다시 떠올리기도 싫은 걸까요? 하
지만 동동이는 하루가 이상하다는 것을 눈치채지 못
했어요. 이장님의 말에 마냥 신이 났거든요.

"오늘 마침 무방수의 날이니까 자고 가. 먹을 것도
많이 먹고."

이장님이 동동이에게 마시멜로를 건네며 웃었어요.
무방수의 날이요? 처음 들어봐요. 눈을 끔벅이는 동동
이에게 버들이가 속삭였어요.

"인간 세계에 귀신이 돌아다니면 안 되는 날이야."

그런 날도 있군요. 만불산이 있어서 다행이에요. 동

동이는 가뜩이나 악몽을 꾸는데 무방수의 날에 인간 세계에 있으면 얼마나 힘이 들겠어요. 게다가 잔치잖아요. 먹을 게 엄청 많아요.

"쩜! 마시멜로 열 개 다 내 거!"

동동이는 모닥불에 구운 마시멜로를 입 안 가득 우물거렸어요. 붉은 까마귀는 까마귀대로 신이 났어요.

"자, 계약대로 하루를 찾아 줬으니 결정을 내려야지? 귀신 세계로 같이 가든가 아니면 가장 소중한 걸 내놔!"

붉은 까마귀가 하루 엄마를 보며 사악하게 까악, 웃었어요.

"하루 엄마에게 가장 소중한 건 하루 아닌가?"

불면 날아갈까 꺼질까 하루만 바라보던 하루 엄마의 얼굴이 새파랗게 질렸어요. 붉은 까마귀의 말이 맞아요. 하루 엄마에게는 하루가 가장 소중하거든요. 하루를 줄 수는 없잖아요. 정든 만불산을 떠나는 건 아쉽지만 하루와 함께 귀신 세계로 돌아가는 수밖에요.

"알았어요. 그럼 우리는 귀신 세계로 돌아가겠…."

"아니, 잠깐만."

하루가 엄마의 말을 싹둑 잘라먹었어요.

"무슨 버릇없는 짓이냐! 어른들 말씀하는 데 끼어들다니."

붉은 까마귀가 날개를 푸드덕거리며 바락바락 화를 냈어요. 하지만 장난꾸러기 하루는 주눅 들지 않아요.

"아직 불만이 완전히 해결되지 않았어요. 게다가 내일인데 왜 엄마가 소중한 걸 줘요. 내가 소중한 걸 줘야죠."

"이건 사기야! 사기! 물에 빠진 녀석 건져 놨더니 보따리 내놓으라는 소리야! 계약서를 쓰든가 해야지, 원!"

붉은 까마귀는 빨간 불꽃처럼 빨개져서 팔짝팔짝 뛰었어요. 하지만 어쩔 도리가 없어요. 불만이 해결되지 않았다는데 뭐라고 하겠어요.

동동이는 물에 빠진 녀석을 건져 냈더니 어쩌고 저쩌고가 무슨 말인지 너무

궁금했지만 묻지 못했어요. 팔짝팔짝 뛰던 붉은 까마귀가 어딘가로 훌쩍 날아가 버렸거든요. 하지만 동동이와 버들이는 모닥불 곁에 남았어요. 아직도 구워 먹을 마시멜로가 스무 개, 고구마가 열 개나 남았거든요.

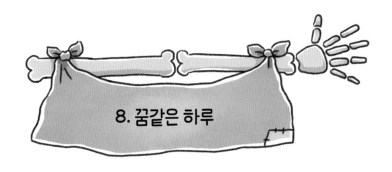

8. 꿈같은 하루

"여기라면 평생 살아도 좋겠다."

마시멜로를 입에 가득 묻힌 채 동동이가 종알거렸
어요.

"귀신 세계로 돌아가고 싶다며."

마시멜로를 건네는 버들이가 어쩐지 시무룩해 보였
지만 동동이는 말을 멈추지 않았어요.

"그야 장난도 못 치게 하고 재미난 일도 없으니까
그렇지. 여긴 먹을 거도 많고 장난도 맘껏 칠 수 있잖
아."

하루가 혀를 끌끌 찼어요.

"너 되게 못됐다."

"그러는 너는? 돌아왔으면서 뭐가 불만인데?"

동동이가 발끈했어요. 하루도 지지 않고 대거리를 했어요.

"네가 알 게 뭐야!"

마시멜로를 오물거리던 버들이가 보다 못해 둘 사이에 끼어들었어요.

"선유 때문에 그러지?"

하루가 눈을 동그랗게 뜨더니 금세 풀이 죽었어요. 동동이가 무슨 소리냐고 두어 번을 물었지만 하루는 입을 꾹 다문 채 꼬챙이로 모닥불만 쑤셔 댔어요.

"뭔데 그래? 어휴, 말 좀 해라!"

동동이는 뿌우우, 이불을 부풀렸어요. 답답하고 답

답해서 빵 터질 것 같았어요. 풍선처럼 잔뜩 부푼 동동이를 본 하루가 마지못해 비밀을 털어놓았어요.

"날 데려간 건 홍제가 아니야."

"그럼 누군데?"

동동이의 물음에 하루가 꼬챙이로 모닥불 너머를 가리켰어요. 꼬챙이가 가리킨 건 바로 선유였어요. 피쉬쉬쉬. 순식간에 쪼그라든 동동이가 분해서 이리저리 날아다녔어요.

"엄청 걱정하는 것 같더니 전부 거짓말이었어? 정말 나쁜 애잖아?"

"그런 말 하지 마! 선유는 하나밖에 없는 내 친구란 말이야!"

하루가 방방 뛰었어요. 누구든 선유를 나쁘게 말하는 건 참을 수 없어요. 선유는 하루의 하나뿐인 친구니까요. 비록 하루가 살아 움직이는 귀물인 건 모르지만요.

선유는 아주 어릴 때부터 하루를 무척 아꼈어요. 좋은 일이나 기쁜 일, 슬픈 일, 나쁜 일이 있을 때에도 늘 하루와 함께했어요. 하루가 없는 선유, 선유가 없는 하루는 상상할 수도 없어요. 하루도 만불산의 규칙 때문에 선유 앞에서 움직일 순 없었지만, 함께 있는 것만으로 참 좋았어요.

그런데 초등학교에 들어가고 나서 상황이 달라졌어요. 선유에게 큰 고민이 생겼는데 하루는 조금도 도울 수가 없었어요. 하루에게 털어놓는 것만으로는 선유의 마음이 가벼워지지 않았거든요. 그냥 홍제랑 놀고 싶지 않다고 엄마에게 말하면 좋을 텐데요. 하지만 마음 약한 선유는 차마 그러지 못했어요.

"그걸 알면서 선유가 일부러 홍제 주머니에 나를 넣었다고 말할 수 있겠어?"

동동이는 울먹이는 하루를 토닥였어요. 하루의 마음을 알 것 같았거든요. 동동이라도 친구의 비밀을 말

하기가 힘들었을 거예요. 잠자코 있던 버들이가 단호하게 고개를 저었어요.

"선유가 자기 마음을 제대로 말하게 도와주자. 그래야 진짜 친구지."

들고 보니 버들이 말이 맞아요. 하지만 어떻게요? 선유 앞에서는 움직이면 안 되잖아요. 아하! 번뜩 떠오른 생각에 동동이가 개구지게 웃었어요.

"네가 직접 움직이지만 않으면 되지. 그럼 규칙을 어기는 건 아니잖아!"

어리둥절, 동동이를 보던 하루의 얼굴에 천천히 미소가 번졌어요.

"선유야! 선유야. 일어나 봐."

선유는 겨우 잠에서 깨어났어요. 누군가 자꾸 자기

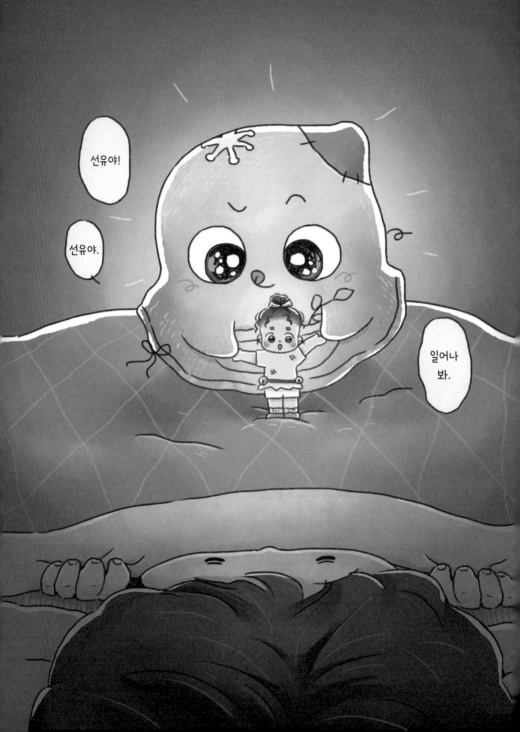

이름을 불러요. 눈을 떠 보니 이불 위에 작은 것이 오 도카니 서 있어요.

"어? 하루?"

선유는 눈을 박박 문질렀어요. 그래도 여전히 하루 가 보여요. 분명 잠에서 깬 줄 알았는데 아직 꿈인가 봐요. 하루가 말을 할 리가 없잖아요.

"안녕? 선유야."

하루가 종종종 다가서며 인사했어요. 사실은 동동 이가 하루를 안고 움직이는 거지만 선유는 까맣게 몰 랐어요.

"와아, 너랑 진짜로 이야기를 하다니 정말 좋다."

선유가 실눈을 한 채 행복하게 웃었어요. 행복한 선 유를 보는 하루의 마음도 몽글몽글 행복해졌어요. 하 지만 할 말은 해야 하는 법이죠. 하루가 하고 싶었던 말을 어렵사리 꺼냈어요.

"선유야, 네 마음을 말해야 해. 홍제에 대한 네 마음도 말하고 네가 잘못한 것도 다 말해야 해."

"하지만 엄마한테 홍제랑 놀기 싫다고 말할 수가 없었어. 착한 아이는 반 아이 모두랑 잘 지내야 한다고 어른들이 그랬는걸."

"그렇다고 거짓말로 도망가는 건 좋지 않아. 너도 이미 알고 있잖아."

하루의 말에 울먹이던 선유가 기어코 울음을 터트렸어요. 끅끅 울음을 삼키는 선유의 팔을 하루가 토닥토닥 두드려 주었어요.

"괜찮아. 겁내지 마. 다 잘될 거야. 잘되고말고!"

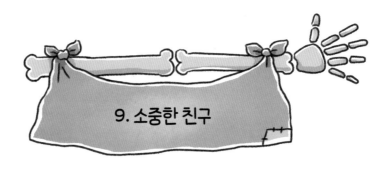

9. 소중한 친구

잠에서 깬 선유는 허둥지둥 하루부터 찾았어요. 하루는 오늘도 모닥불 앞에 앉아 다정하게 미소 짓고 있어요.

"역시 꿈이었구나."

꿈이었다 해도 상관없어요. 하루의 말이 선유에게 용기를 주었어요. 어떻게 되든 엄마에게 마음을 털어놓을 용기요. 선유가 엄마를 사랑하는 만큼 엄마도 선유를 사랑할 테니까요. 선유의 말을 들어 줄지도 몰라요.

선유는 하루를 소중하게 쓰다듬었어요. 따스한 아침 햇살이 선유와 하루를 비추었어요.

"고마워, 하루야."

선유는 하루에게 감사 인사를 하고 방문을 열었어요. 오늘도 엄마는 선유를 위해 바쁜 시간을 보내고 있어요. 달가닥, 달가닥. 아침 하는 소리가 요란해요. 선유는 천천히 엄마에게 다가갔어요. 그리고 배에 힘을 주고 목소리를 냈어요.

"엄마, 나 할 말 있어요."

정신없이 움직이던 엄마가 선유를 돌아보았어요. 원래는 계란말이를 하려고 했지만 엄마는 깨달았어요. 지금 선유에게는 아침밥을 해 주는 엄마보다 이야기를 들어 주는 엄마가 필요하다는 걸요.

"선유 아빠, 계란말이는 당신이 해야겠어."

아빠가 얼른 계란말이를 돌돌 말기 시작했어요. 엄마는 선유의 손을 잡고 햇살이 잘 드는 거실에 앉았어요. 선유는 침을 꼴깍 삼키고 한 달 내내 속에 묵혔던 이야기를 꺼냈어요.

홍제랑 너무 달라서 함께 있어도 다투기만 한 이야기, 하루를 몰래 홍제 주머니에 넣어둔 일, 홍제가 하루를 훔친 걸로 하면 홍제랑 안 놀게 될 것 같았다는 이야기, 같이 놀고 싶은 친구는 형구라는 것까지 남김없이 털어놓았어요.

"엄마, 홍제에게 사과할게요. 다시는 거짓말도 안 할게요."

속마음을 털어놓고 나니 마음이 한결 가벼워졌지만 겁도 났어요. 이제 엄마에게 엄청 혼이 나겠죠. 그런데 이게 웬일이래요. 엄마가 선유를 꼬옥 안았어요. 어찌

나 꼭 안는지 숨이 다 막힐 지경이었어요.

"많이 혼났대?"

동동이가 걱정스레 물었어요.

"응, 혼은 났대. 당연하지. 하지만 이제 홍제랑 안 놀
아도 된대. 좋은 친구지만 그렇다고 단짝이 될 필요는
없으니까."

하루가 만족스럽게 웃었어요. 뒤늦게 어제 일을 안
이장님이 팔팔 뛰었지만 어쩌겠어요. 하루가 움직인
건 아니잖아요.

"전부 너희들 덕이야."

하루의 말에 동동이와 버들이의 얼굴이 분홍빛으로
물들었어요. 감사 인사를 받는 건 조금 쑥스러워요. 하
지만 선유가 자기 마음을 용기 내 말할 수 있어서 참

말로 다행이에요.

　동동이가 이불을 들썩이며 헤헤 웃었어요. 버들이
도 생글생글 기분 좋게 웃었어요. 누구보다 신이 난 건
붉은 까마귀였어요. 붉은 까마귀는 날개를 쓰윽쓱 비
비며 하루에게 다가갔어요.

"불만이 해결되었으니 이제 받을 걸 받아야지? 가장 소중한 걸 내놓아라! 보아하니 너한테 가장 소중한 건 선유 같은데, 인간 아이를 내놓을 수는 없을 테고. 어떠냐? 나랑 함께 귀신 세계로 돌아가는 게."

붉은 까마귀가 깍깍깍 웃었어요. 동동이와 버들이의 얼굴이 하얗게 질렸어요. 선유를 어떻게 붉은 까마귀에게 주겠어요. 이제 진짜 꼼짝없이 귀신 세계로 가야 하겠어요. 어쩌나요. 귀신 세계로 가면 선유를 다시는 못 볼 텐데요.

그런데 어쩐 일인지 하루는 표정 하나 변하지 않아요. 기분이 좋아 보이기까지 해요. 빙글빙글 웃던 하루가 마침내 입을 열었어요.

"좋아. 가장 소중한 걸 줄게."

동동이가 우왁 소리쳤어요.

"어쩌려고 그래!"

히죽, 하루가 개구지게 웃으며 동동이를 보았어요. 그러더니 허리춤에서 방울을 풀었어요.

"소중한 '것'이라며. 어떻게 사람을 '것'이라고 말할 수 있어? 사람은 물건이 아니잖아! 히히히."

"이건 사기야! 말도 안 돼! 사기라고!"

붉은 까마귀가 바락바락 소리치며 날개를 퍼덕였어요. 그러고 보니 그렇군요. 사람은 물건이 아니잖아요. '것'이 아니죠. 그러니까 약속을 할 땐 잘 생각해야죠. 하루가 절망한 붉은 까마귀를 지나쳐 동동이에게 춤추듯 다가왔어요.

"자, 이걸 너에게 줄게. 웃는 방울이야. 가지고 있으면 웃을 일이 많아져. 인간 세계에서도 함께 웃을 수 있는 좋은 친구가 생기길 바랄게. 도와줘서 고마워."

그리고는 구멍이 숭숭 뚫린 하늘색 이불 코에 웃는
방울을 예쁘게 달아 주었어요. 동동이는 하루가 달아
준 웃는 방울을 한참 보았어요. 처음부터 그 자리에 있
던 것처럼 잘 어울렸어요.

"고마워, 잘 간직할게."

동동이는 버들이를 업고 날아올랐어요. 웃는 방울이 쟁강쟁강 울렸어요. 방울 소리를 들으며 동동이는 생각했어요. 벌써 인간 세계에 좋은 친구가 있다고요. 그리고 하루와 선유에게 배운 대로 솔직하게 마음을 털어놓았어요.

"버들아, 고마워. 좋은 친구가 되어 줘서."

버들이가 몽글몽글 행복한 미소를 지었어요. 버들이에게도 동동이는 소중한 친구가 되었으니까요.

붉은 까마귀의 관용구 수업

1. 가당치 않다

10P

동동이는 낡고 똥 묻은 운동화가 된 야름이 꿈을 꿨어요.
야름이가 진짜 그렇게 되는 게 아니냐고 울먹이자 붉은 까마귀는
"가당치도 않구나."라고 말해요. 무슨 뜻일까요?

붉은 까마귀의 관용구 수업

만불산에 가자마자 동동이의 이불을 꼭 쥔 아줌마는
"눈에 넣어도 안 아픈 내 딸이 갑자기 사라졌어요."라고 해요.
사람은 눈에 넣을 수 없는데, 무슨 의미일까요?

붉은 까마귀의 관용구 수업

59p

까마귀가 하루 엄마에게 가장 소중한 것을 요구하자, 하루가 자기 일이니 엄마가 아닌 자신이 소중한 걸 줘야 한다고 말해요. 까마귀가 말실수를 했다면서요. 이때 까마귀가 화를 내며 위 속담을 말해요. 무슨 뜻일까요?

붉은 까마귀의 관용구 수업

아저씨 말대로 야름이가 더럽고 낡은 신발이 됐을 리 없어요.
그렇다면 가당치 않다는 건 말도 안 된다는 뜻 맞죠?

그래. 인간 세계에 있더니 좀 똑똑해졌나 보구나. 그럼 눈에 넣어도
아프지 않다 의미도 알겠니?

사람을 어떻게 눈에 넣어요?

아이고! 말 그대로 해석하는 게 아니야. 사랑하는 대상을 자기 눈동자
만큼이나 소중하게 여긴다는 비유이지. 하루 엄마가 하루를 사랑하고
아끼는 것처럼 말이야.

아! 알겠어요. 근데 물에 빠진 사람을 구해 줬는데
왜 보따리를 내놓으라고 해요? 보따리에 뭐가 들었어요?

그건 속담이야. 옛적에 한 나그네가 강물에 빠진 사람을 구해 줬어.
그런데 그 사람이 물에 떠내려간 봇짐을 건져 주지 않았다고 오히려
나그네를 원망했단다. 나그네는 도와줬는데 오히려 꼬투리를 잡힌 거지.
마치 나처럼 말이야! 하루 이 녀석! 까악!

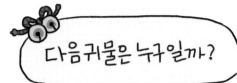

가까이 가면 안 좋은 일이 일어나는 귀물.
원래 불운을 일으키는 귀물은 아니었다는데…
무슨 일이 있었던 걸까?

이불귀신 동동이
2. 만불산의 비밀

초판 1쇄 인쇄 2024년 10월 23일
초판 1쇄 발행 2024년 11월 5일

글 김영주 **그림** 할미잼

펴낸이 김선식
펴낸곳 다산북스

부사장 김은영
어린이사업부총괄이사 이유남
책임편집 조현진 **디자인** 남정임 **책임마케터** 안호성
어린이콘텐츠사업5팀장 이현정 **어린이콘텐츠사업5팀** 남정임 조문경 마정훈 조현진
마케팅본부장 권장규 **마케팅3팀** 최민용 안호성 박상준 송지은 김희연
미디어홍보본부장 정명찬
편집관리팀 조세현 김호주 백설희 **저작권팀** 이슬 윤제희 **제휴홍보팀** 류승은 문윤정 이예주
재무관리팀 하미선 임혜정 이슬기 김주영 오지수
인사총무팀 강미숙 김혜진 황종원
제작관리팀 이소현 김소영 김진경 최완규 이지우 박예찬
물류관리팀 김형기 김선민 주정훈 김선진 한유현 전태연 양문현 이민운

펴낸곳 다산북스 **출판등록** 2005년 12월 23일 제313-2005-00277호
주소 경기도 파주시 회동길 490 **전화** 02-704-1724 **팩스** 02-703-2219
다산어린이 공식 카페 cafe.naver.com/dasankids **다산어린이 공식 블로그** blog.naver.com/stdasan
종이 한솔PNS **인쇄** 민언프린텍 **후가공** 제이오엘앤피 **제본** 국일문화사

©김영주·할미잼, 2024
ISBN 979-11-306-5847-6
  979-11-306-5163-7 (74810)

책을 더 재미있게, 책을 더 오래 기억하는 방법
다산어린이 공식 카페에는 다양한 독서 활동 자료가 있습니다.
자료를 활용하여 아이들의 독서 흥미를 더욱 키워 주세요.